오늘—— 나에게
하고픈 이야기

오늘 나에게 하고픈 이야기

초판 1쇄 발행 2018년 10월 4일

저자 | 365페이지
발행처 | 다독임북스
발행인 | 송경민
편집팀 | 이해림, 이연지, 구지원
그림 | 고혜미
등록 | 제 25100-2017-000042
주소 | 서울시 구로구 디지털로 33길 55
전화 | 02-6964-7660
팩스 | 0505-328-7637
이메일 | gamtoon@naver.com

ISBN | 979-11-964471-1-3

오늘—나에게
하고픈 이야기

너무 힘든 하루는 내 것이 아니었음을...

나와 다르지 않은 모두와 소소한 일상을 기꺼이 나누고 싶다.

이 책은 최근 트렌드인 자존감에 대한 이야기도, 따뜻한 위로의 이야기도 아니다. 그렇다고 사이다를 마신 듯한 시원함도 없다.

그냥, 누가 궁금해하기나 할까 싶은 평범한 여자 사람의 평범하기 짝이 없는 일상을 그렸다. 회사는 매일 가기 싫고 직장에선 소심하기 짝이 없는. 휴일엔 씻지도 않고 침대 속에서 꾸물거리고, 혼밥, 혼술을 즐기는, 그냥 그런 일상 말이다. 그래도 가볍게 넘겨보다 한 번쯤 '이거 내 얘기 아냐?' 하며 피식 웃었다면, 우린 나름의 성공을 거둔 셈이다. 지친 일상 속에 한 번쯤, 그래 바로 그렇게 웃고 가길 바라며.

오늘도 돈 많은 백수를 꿈꾼다,

#직장 생활

_일 적게하고 돈 많이 버세요.

*

알람이 울리면 침대에 몸이 떡 붙어버리는
초자연적인 현상.
지각 데드라인까지 버티고 또 버티다 일어난다.

맑은 날은 맑아서, 궂은 날은 궂어서

회사 가기 싫다.

＊

무더위 아침 지하철 출근길.

건드리면 사살이다.

지각이 아슬아슬한데,

내 앞길 막으며 유유히 걷는 사람을 보며

오늘도 인내심을 길러 본다.

퇴사

*

출근하자마자 하는 생각,

퇴근하고 싶다.

똑같이 복작복작해도,

출근길과 퇴근길은 마음의 여유부터가

극단적으로 다르다.

*

제 월급 보신 분?

이번 달도 월급은 통장을 스치고 지나간다.

인간적으로 인사할 시간은 주라.

*

퇴근 10분 전 시작하는 회의 꿀잼 ㅎㅎ

그리고 긴긴 회의가 끝나면 남는 건,

연습장 한 켠 빼곡한 낙서들.

*

입사 n년차,

아직도 전화 울렁증에 시달린다.

전화벨이 울리면, 제2의 자아가 나타난다.

내가 들어도 낯선 나의 가식적인 목소리와 말투.

'난 프로다…난 프로다… 프로다.. 으~'

*

누구나 가슴 속에 사직서

한 장쯤은 품고 살잖아요.
매일 한 번씩 퇴사를 꿈꾸는 나,
비정상인가요?

삑, 정상입니다.

*

**회사에 개만 없으면
천국일 텐데.**

누구 나한테 엔터키 쿠션 사줄 사람.

*

그냥, 제 외모에 관심 꺼주세요.
추레하게 다니다가 어느 날 치마라도 입는 날엔
'어디 데이트 가요?',
'끝나고 좋은 데 가나 봐~?'
소리 듣는다.

*

세상에서 제일 긴 술자리는 바로
회식자리.

*

휴일에 회사에서 걸려오는 전화는 모다?
차단이다~

시간의 상대성

하라는 일은 안 하고, 딴짓 한 5분 한 것 같은데

1시간이 훌쩍 지나가 있음.

Vs

1시간은 지난 것 같은데 아직 10분도 안 지났어ㅠㅠ

*

나의 오피스카페 레시피

재료

□ 믹스커피 2봉
□ 얼음

레시피 순서

❶ 뜨거운 물을 조금만 받아 믹스커피 2봉
  을 넣고 잘 저어 녹여준다.
❷ 얼음을 과하다 싶을 정도로 넣어준다.
❸ 기호에 맞게 찬물을 부어준다.
❹ 완성!

*

화장실은 참았다가,
꼭 출근해서 해결한다.

**똥 싸면서 돈 받으면
을매나 좋게요~!**

두근
두근

두근

*

퇴근시간 5분 전

오늘 밤은 무슨 맥주를 마시며

어떤 영화를 볼까, 고민하며

컴퓨터를 정리한다.

＊

순간이동이라도 하고 싶은,
유난히 지치는 퇴근길이 있다.
오늘만이야... 하며
어느새 **택시**를 타고 이동하고 있는 나.

＊

돈 없을 때는 그렇게 예쁜 옷이 많더니,

월급 받으면 예쁜 옷이 사라지는 마법.

*

사람에 치이는 날.

차라리 컴퓨터랑만 일하고 싶다가도,
작은 마음에 감동해버리는 나란 쉬운 사람.

직장인 3대 고민 중 하나

오늘 점심 뭐 먹지

?

*

일이 잘 안 풀리는 날.

자신감이 무너져 눈물이 목 끝까지 차오르는 날.

며칠만 지나도 별 일 아닌 게 될 거야.

지금의 나야 너무 힘들어 하지 마.

*

일요일 밤,
이대로 잠들기는 너무 아쉬워!

아쉬운 대로 영화 한 편, 맥주 한 캔.

주말을 강제 연장시킨다.

그리고 다음 날, 하루 종일 졸리다.

*
복사기만 빼고 다 아는

너희들의 비밀 사내연애.
귀엽구나

나도 아는데요?

✳

취직 **전** ➡ 아 일하고 싶다.

취직 **후** ➡ 아 백수하고 싶다.

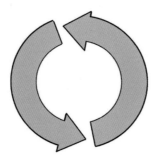

나이가 들어도 어려운,

#인간관계

_혼자 있으면 외롭지만, 혼자 있기는 싫어

＊

여유로운 바캉스를 즐기는 사람,

문화재나 고적지를 좋아하는 사람,

최대한 일정을 빠듯하게 잡는 사람 등등

사람마다 여행 스타일이 다르다.

각자 스타일에 맞는 사람과 여행을 가자.

모르고 스타일이 다른 사람과 여행을 갔다면

하나씩은 양보하자.

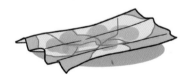

*

연락 없던 친구가
갑자기 톡 오면 꼭 결혼하더라.

너 아쉬울 때만 연락하는 친구야.

나도 결혼할 때 연락할게!

청첩장 기대해!

*

그럼에도 **항상 먼저 연락해주는 친구들**이 있다.

먼저 살갑게 챙기지 못하는 성격이라,

가끔은 친구들한테 미안하다.

나 같은 것 거둬줘서 고마워~

너희는 정말 참우정이다.

*

사람의 마음은 간사하다.

혼자 있으면 외로운데
또 다른 사람들이랑 부대끼긴 싫다.

*

같이 있는 것만으로도 충분한 그런 사람.

가끔 여행도 하고 취미생활도 하고 커리어도 쌓고,

내 인생 즐기며 살다보니

어느새 내 옆을 나란히 걷고 있는 사람.

내 인생에 끼어들어도 전혀 불편함이 느껴지지 않는 사람.

그런 소울메이트를 만나고 싶다.

＊

운명적인 만남을 꿈꾸는 나,

그 전에 내 짝은 태어나긴 했을까?

나 빼고 다 연애하는 듯. ^^

✱

다투고 온 날 밤, 자려고 누우면 꼭

못다 한 말이 떠올라 분하고 억울하다.

장문으로 보내 놓자니 속 좁은 것 같고,

막상 보내면 메시지 뒤에 붙은 1이 사라지지 않는다.

*

한 살 한 살 나이를 먹을 때마다
사람 자체가 아닌 그 사람의 조건과 배경을
더 따지게 되는 것 같다. 어쩔 수 없다.

이제 연애는 현실이니까.

연애에 지칠 때마다
풋풋했던 학창시절의 연애가 떠오른다.
(사실 여고 출신, 기억 조작 잘함)

*

있는 그대로의 나를 사랑해줄 사람을 만나자.

내 자존감을 깎아 먹는 남자친구는

없느니만 못하다.

헤어져!

*

헉... 내가 얘랑 왜 사귀었지?

전 연인을 바라보는 자세.

＊

떠나는 사람은 애써 잡을 필요 없어.

언제라도 떠날 사람이었으니까.

*

새벽감성에 젖은 구남친 단골 멘트,

'자니...?'

넌 좀 자라.

＊

명절날 오랜만에 보는 가족들.

너무 반갑지만,

도 넘은 오지랖은 삼가주세요!

일상에서 즐거움을 찾다,

#나만의 소확행

_그래, 이 맛에 사는 거지.

*

휴일에 늦잠자면 뭐 어때.

평일에 못 잔 잠 몰아 자는 거다.

날씨가 좋아서 집 앞 카페라도 갈까 고민해보지만,

머리 감기 귀찮다.

그냥 침대 밖을 나가는 게 힘들다.

가만히 숨만 쉬었는데 하루해가 다 갔네.

✱

시원한 에어컨 아래
모히또 한 잔,

여기가 몰디브다.

*

평일 중간에 껴 있는 휴일,

고맙습니다, 감사합니다,

달력 앞에서 큰절 하고 싶다.

여름에는 공포영화지!

오늘 밤엔 엄마 옆에서 잘 거야.

*

누진세 걱정은 넣어두자.

누진세보다 내가 더 걱정이야.

*

사실은 여행도 귀찮아.

SNS를 보면 다들 해외여행 중이던데,

다들 어쩜 그리 부지런한지.

대단하고 신기하다.

내 현실은 집에 드러누워서 배 긁으며

<걸어서 세계 속으로> 시청 중.

하지만 대만족이다.

*

따듯한 이불 안에 들어가

스마트폰 보면서 귤 까먹기

*

내 취미는 유튜브.

유튜브로 귀여운 거, 아이돌 보다가
검은 화면에 비친 상기된 내 얼굴을 마주했을 때
현타 오더라.

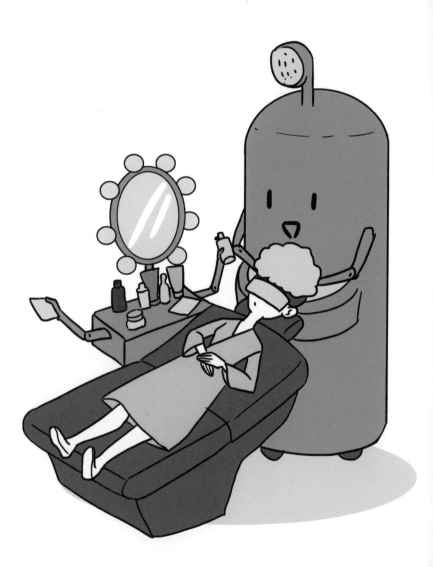

화장 지워주고 머리 감겨주는 기계.
누가 좀 힘내 주세요…

*

혼자 놀기 레벨 테스트

혼자 카페, 혼자 영화, 끝판왕 혼술까지.

혼자라고 이상하게 보는 시대는 지났잖아.

혼자가 얼마나 편하게요~!

*

매일 샤워하고 로션 토닥토닥 바르면서

셀프 칭찬 타임 갖기.

내가 최고야~! 내가 제일 소중해~!

＊

운동하려고 헬스 끊고 딱 세 번 가봤다.
등록한 날, 첫날, 마지막 날
운동은 역시 숨쉬기 운동이지.

예전에는 먹으라고 갖다 대줘도 안 먹던 영양제

이제는 건강 챙긴다고 골고루 챙겨 먹는다.

비타민, 칼슘, 유산균…

그래도 몸이 예전 같지 않아. 시무룩.

왜냐하면 그만큼 몸에 안 좋은 것들도 골고루 하거든.

폭식, 폭음, 밥 먹고 바로 눕기,

늦게 자기, 스마트폰 오래 보기, …

*

덕질에 나이 제한도 있나요?
27살이 아이돌 덕질하는 게 뭐가 어때서.
어차피 덕질할 거 행복하게 덕질하자.
어덕행덕

*

나는 박애주의자다.

다른 말로 하면 금사빠.

드라마 주인공에, 아이돌에,

심지어 2D 캐릭터에도 빠진다.

사랑을 퍼줄 곳이 너무 많아서 정말 곤란하다~ ㅎㅎ

좋아요 391개

이것만 있으면 올 여름 걱정 끝~

#뷰티 #모공 #주름

＊

"이 물건 때문에 삶의 질이 높아졌어요."

- 호갱을 낚는 리뷰

*

날 제일 들뜨게 하는 소식,

택배 왔습니다.

*

유난히 축 처지는 날.

이 마음 달래 줄 유일한 것은 바로, 소비…

참새와 방앗간처럼,

살 것 없어도 들리는 다x소, x리브영.

상관없어, 가면 살 거 생기니까.

*

이제 나 정말 너 없인 안될 거 같아.

신용카드.

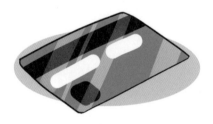

*

너무 예뻐서 산 옷,

집에 가면 비슷한 옷 천지.

내 취향은 소나무.

*

단발로 자를까, 말까?

단발병 퇴치짤(aka 최양락 짤)을 찾아본다.

앞머리 자를까, 말까?

결론은 내 마음이 가는 대로.

한 끗 차이.

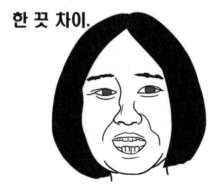

인생의 단짠을 맛보다,
#고독한 미식가

_먹어봐야 다 내가 아는 맛이라서, 그 맛이라서 먹는 거다.

*

솔직히 친구가 아니라 **먹방메이트.**

만났을 때 단골 멘트는

'뭐 먹을래?'

'야, 이거 다음에 뭐 먹을래?'

＊

다이어트만 결심하면 평소 잘 먹지도 않던 엽떡이 땡긴다.

위장이 격렬하게 롤러코스터를 타는 이 기분,

조용한 스트레스 해소.

역시 다이어트는 내일부터 ^.^

*

아슬아슬하게 유통기한 지난 우유,

먹을까 말까 고민해본 적 있다.

*

단짠단짠은 진리.
밥을 먹었으면 디저트로 밸런스를 맞춰주는
과학적인 식단.

*

비 오는 날,
축 처지는 기분은
부침개로 지글지글 북돋우자.

＊

먹어봐야

다 내가 아는 맛이라서,

그 맛이라서 먹는 거다.

한국인의 영원한 소울푸드,
치킨.

나는 역시 한국인이었어.

〈탄수화물〉

〈단백질〉

〈식이섬유〉

〈지방〉

*

햄버거는 3대 영양소가 균형 있게 들어간
건강한 음식이다. 라고 생각하고 먹으면
정신 건강에 좋다.

*

언제부턴가 뭔가를 먹을 때

그에 어울리는 **술이 생각난다.**

예를 들면 치킨에 맥주, 삼겹살에 소주,

해물파전에 막걸리…

＊

과자는 이상하게 손이 잘 안 가더라. 하면서

옆에 있으면 무의식적으로 계속 집어먹음.

고된 인생,

#어른의 삶

_인생은 누구나 1회차니까.

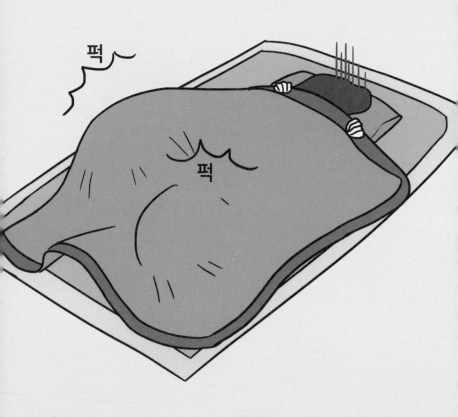

*

나는 나의 흑역사들도 사랑한다.

지금의 나도 나고, 과거의 걔도 나니까.

*

달력 누가 다 뜯어갔지?

왜 벌써 하반기야?

창 밖에는 빨갛게 물들어 저물어가는 단풍.

*

취직만 하면…

돈만 벌면 부모님 여행도 보내 드리고

안마의자도 사드리고…

결혼해서 손주도…

**내가 다 할 수 있을 때까지
부모님이 기다려 주실까?**

*

꾸역꾸역 먹으면

체할 거 알면서도 먹어야 하는 것,

인생.

자존감이 낮을 때도 있고 높을 때도 있지.
자존감 높은 사람 따로 있고 낮은 사람 따로 있나?

*

인생에서 버려야 할 것.

잔걱정, 쓸데없는 감정 소비.

어느새 감정에 무던해진 내 모습에 감탄하다가도
문득 잃어버린 나의 순수함이 그립다.

*

살짝 열어 보여줄 수 있으면 좋겠어,

내 맘도 네 맘도

*

가끔 세상에서 지워져 버리면 어떨까 해.

그럴 땐 꼬옥 끌어안고 토닥토닥,

날 위로해주는 크고 포근한

손이 있다면 좋겠어.

*

할지 말지 고민이 될 땐, 한 번 해보자.

후회하는 것보단 나을 테니까.

인생은 누구나 1회차잖아.

✳

모두 나가주세요.

혼자 있고 싶습니다.

*

사람들은 생각보다

나에게 관심이 없다.

그러니까 얼굴에 난 뾰루지 하나 때문에 자신감 잃지말자.

★
흘려듣기,
모두들 잘 하고 있나요?

＊

좋은 경험이라 생각,

하기 싫어요!

*

지나간 것은 지나간 대로,

흘러가는 것은 흘러가는 대로.

걱정은 털어버리자.

지나고 보면 그대로 아름다운 노래가 될 테니.

오늘의 특별한 순간들은 내일의 추억이다.

Today's special moments are tomorrow's memories.

-영화 <알라딘> 중에서-

절대 후회하지 마라.

좋았다면 추억이고, 나빴다면 경험이다.

Never regret. If it's good, it's wonderful.

If it's bad, it's experience.

-캐롤 A. 터킹턴-

"오늘 나에게 하고픈 이야기는 뭔가요?"

....

....

....